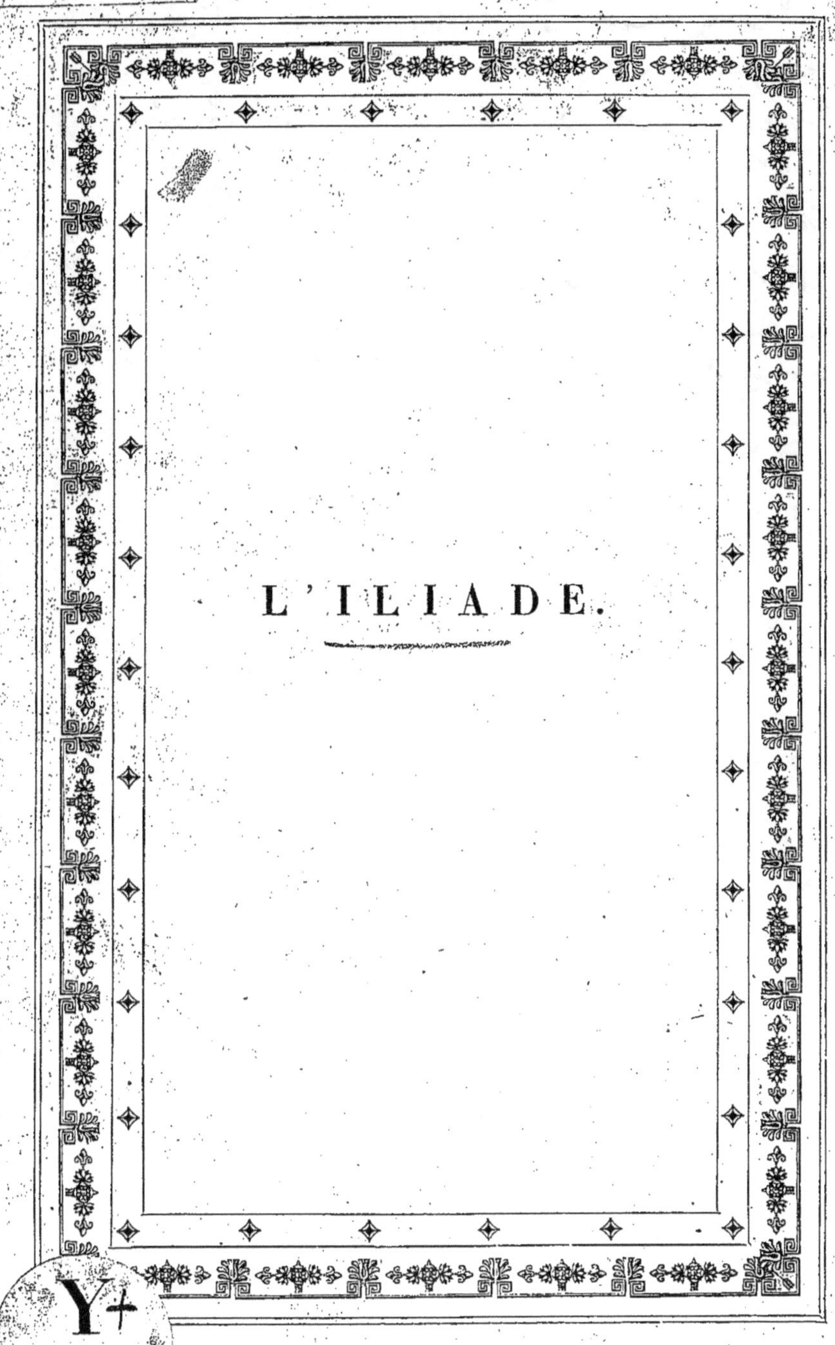

L'ILIADE.

L'île dont il s'agit dans l'Iliade du Comte Auguste de Beaumont) est située sur la rive droite de la rivière de l'Epte à Aveny, hameau de la commune de Dampsmesnil, canton d'Écos (Eure).

Le château d'Aveny, duquel dépendait le moulin et l'île ~~[illisible]~~ était alors la propriété de la sœur de M. de Beaumont,

L'ILIADE.

à

Ma Sœur.

(Par le Cte Auguste de Beaumont.)

PARIS.

DE L'IMPRIMERIE DE JULES DIDOT AINÉ,

RUE DU PONT-DE-LODI, Nº 6.

1827.

L'ILIADE.

CHANT I.

———

De ton Ile aujourd'hui, pour charmer mes loisirs,
Je veux peindre, chanter, célébrer les merveilles ;
Elle est objet, témoin, source de mes plaisirs.
Prodigue à chaque instant de douceurs sans pareilles,
Je lui dois l'appétit, la force, et la santé ;
Du calme et de la paix le trop rare avantage.
Pour de si grands bienfaits ton Ile a mérité,
Demande, espère, attend, recevra cet hommage.
Qu'il est tardif, hélas ! et de mon peu d'ardeur
A payer ce tribut de la reconnoissance
Que je serois confus si, pour moi, le bonheur
N'étoit plus vif encor goûté dans le silence !

Quel secours invoquer? Délaissant les neuf Sœurs,

A la mienne, et de droit et par goût, je m'adresse;

Par intérêt aussi. Le fruit de mes labeurs

Naît, croît, mûrit, se cueille au sein de la tendresse;

Or avec pareils fruits se conservent les fleurs.

O toi qui de ce lieu m'as concédé l'empire,

Viens donc, pour son honneur, viens soutenir ma voix;

Viens animer mes chants, viens accorder ma lyre,

Viens m'inspirer enfin. Dès long-temps à tes lois

Soumis et façonné, tu sais que de ma muse

En vain l'orgueil voulut emprunter le pinceau.

L'amitié seule alors et se plaît et s'amuse

A broyer ses couleurs, à t'offrir ce tableau.

Empressé de jouir, et devançant l'aurore,

La lanterne à la main, à pas précipités

Je vais dans mes états: mon œil avide explore

La place où des travaux ont été projetés.

Saisissant le râteau, *telle est mon habitude*,

Malgré le froid, le vent, malgré l'obscurité,

Je commence à peigner ma chère solitude;

Toilette, à ce début, dite de propreté:

Ce sont de premiers soins, rendus dans le mystère,

Aux innocents appas, aux charmes séduisants

D'une jeune beauté, d'une aimable bergère;

Leur prix est sans égal pour de tendres amants.
Si des oiseaux de nuit le cri lent et sinistre
Vient quelquefois troubler, attrister mon esprit,
Soudain me rappelant tel acte d'un ministre,
Tel ennuyeux discours, tel insipide écrit;
Je gémis..... Mais bientôt l'impression s'efface.
Les sons harmonieux d'un ravissant concert,
Chassant ces souvenirs, inspirent à la place
Les plus doux sentiments à l'homme du désert.
Fidéles messagers, il reçoit votre augure.
Nouvellistes si sûrs en annonçant le jour,
Non, jamais de vos voix on n'apprit l'imposture!
Sans crainte, allez, chantez, livrez-vous à l'amour;
Suivez vos doux penchants; toujours dans cet asyle
On respecta vos nids, vos œufs, et vos petits.
Qui peut porter la main sur les arbres de l'Ile
Sans commettre, à mes yeux, le plus grand des délits?
Vous êtes satisfaits avec cette assurance.
Il n'en est pas ainsi de mes autres enfants;
Ces poules, ces poulets, ont de mon assistance
Le plus pressant besoin : aussi leurs aliments
Sont préparés, choisis, fournis en abondance.
Certes, à leur égard on n'est pas inhumain.
Qui dénieroit leurs droits à cette préférence,

Les voyant s'approcher et manger dans la main,
Suivre par-tout mes pas, grimper sur la brouette,
S'y laissant voiturer? A la bêche, au râteau,
Pour demander des vers, chacune est indiscréte,
Incommode. Ah! pourtant je leur en fais cadeau.
Et le coq amoureux, à la troupe fidéle,
Sans réserve, offre tout avec empressement;
Par ses soins assidus, intéressant modéle,
Pour chaque épouse il est généreux, prévenant.
Sans cesse, en leurs panniers trouvant ma récompense;
Je reviens au logis, chargé de ce trésor.
Mais c'est trop parler d'eux. Le jour vient, l'heure avance,
L'éblouissant Phébus ouvre ses portes d'or;
Exact à son lever, constamment je l'admire;
Ce vif éclat surprend et ravit à-la-fois.
Est-il théâtre égal à mon petit empire?
Oui, la scène est sans fin, tout s'anime, et je vois
Le grossier laboureur au bord de la rivière,
En sifflant ou jurant, abreuver ses chevaux.
Bientôt le journalier, sorti de sa chaumière,
Chante, et nonchalamment se rend à ses travaux.
Le braconnier, toujours évitant la lumière,
Furtivement déja revenoit au manoir.
Bien loin d'un tel souci, l'active couturière,

Au plus tôt du métier veut prouver son savoir;

Tantôt, modestement, l'utile ravaudeuse

A l'habit du voisin va remettre un morceau;

Tantôt, se pavanant, la docte repasseuse,

Toujours prête à parler, entre vite au château.

Souvent du cabaret un mari dans l'ivresse

Est arraché, grondé, par sa femme en fureur;

A l'école, en jouant, chaque jour la jeunesse

S'achemine à regret, du joug ayant horreur.

En folâtrant aussi la légère fillette

Dans les prés, dans les bois, lors conduit son troupeau:

Craindra-t-elle un garçon qui suit? Non, la coquette

Lui sourit et l'attend. Le cas n'est pas nouveau.

Imprudents, indiscrets! sous le plus clair feuillage

Ils se croient bien cachés: et tandis qu'au grand jour

Exposés tous les deux, je rendrai témoignage

De leur trop prompt savoir dans les secrets d'amour.

Tout se voit ou s'entend du perfide ermitage;

Et ma muse aisément de quelqu'autre sujet

S'enrichiroit encor dans ce pauvre village;

Mais j'aspire au repos. Déja de mon projet

Repentant, je dirai, *non pas sans amertume:*

Il est passé pour moi, l'unique et l'heureux temps

Où, selon nos desirs, tout se dicte à la plume.

Hélas! les vers sur-tout sont fleurs du doux printemps.

CHANT II.

Inquiet et craintif, alarmé dans sa course,
Seul, pour se rassurer que fait un voyageur ?
Il chante et s'étourdit ; ce sera ma ressource ;
Et, sans voir le péril, écartant la frayeur,
Envers l'Ile, *on le doit*, je tiendrai ma promesse.
A tous les yeux il faut exposer sa beauté,
Ses attraits, sa fraîcheur, ses graces, sa richesse,
Et son éclat égal à sa simplicité.
D'un indiscret amant je n'ai pas la jactance,
De toutes ses faveurs recherchant des témoins.
Certes, il est permis d'alléger sa souffrance
Quand le cruel hiver interdit tous les soins.
Sous d'antiques tilleuls, sous leur épais feuillage,
Zéphyre, apparoissant, devient un protecteur.

Il accompagne, il suit jusqu'à mon apanage,

Et du plaisir promis veut être avant-coureur.

De l'Epte on ne sauroit trop vanter le rivage.

Venez lors en juger dans cet endroit charmant,

Où l'aspect d'un moulin, son proche voisinage,

Préservent de l'ennui : c'est un tableau mouvant.

Vernet, prends ton crayon, approche, et considère

Ces meuniers, ces chevaux, ces vannes, l'abreuvoir,

L'Église et son clocher, notre ancien presbytère,

Ces arbres, ces enfants, ces femmes au lavoir,

Le berger, les moutons groupés sur la montagne,

Ce chemin négligé, fatal au voyageur ;

Sans oublier enfin ce coin de la campagne,

Trace un croquis de tout ; il sera pour ma sœur.

Ajoute encore un trait ; j'aperçois la meunière,

A ses nombreux sujets prodiguant des secours.

Ils ne sont pas d'accord ; mais elle a sa manière

De les bien gouverner. Peut-être, de nos jours,

Seroit-il imprudent de choisir ce modéle.

N'importe, en son logis, du pouvoir absolu

Elle use, et ne craint pas de trouver un rebelle.

Sa volonté fait loi ; c'est un point résolu.

Ailleurs, *et je le sais*, ce point on le conteste :

Est-ce à tort ? le débat est vif à ce sujet.

Évitons les débats ; non, rien de plus funeste.

Qui n'a connu, senti leur déplorable effet?

Du calme adorateur, ô douce rêverie,

Tu me séduis ici.... Mais admirez ces fleurs,

Ces arbustes choisis, et sur-tout ma prairie,

Ce faune intéressant et ces saules pleureurs,

Le modeste palais de mes poules chéries,

Qui, je dois l'avouer, est aussi mon sérail.

Ces femmes chaque soir, à ma voix réunies,

En voyant le mouchoir reviennent au bercail ;

Leurs robes, de mon choix, sont en blancheur égales.

De l'innocence on sait que telle est la couleur.

Ne les prendroit-on pas pour autant de vestales?

Entre nous cependant, et réserve et candeur,

Disons-le, ne sont pas les vertus de ces belles ;

Et si l'on exigeoit un pénible serment,

On les verroit bientôt parjures, infidéles :

Or qui peut sans frémir penser au châtiment?

Sous ce vieux catalpa se dressoit une tente ;

Un banquet s'y tenoit ; mais, las ! du revenu,

Du fonds, on a distrait!... L'Ermite a quelque pente

A s'en aller aussi comme il étoit venu :

C'est marcher à rebours en ce temps : sur sa route

Toujours à l'aise au moins il atteindra le but.

Me consolant ainsi, vous devinez sans doute

Qu'au siècle, en ce moment, j'acquitte mon tribut.

Il est sentencieux, le siècle ; et sa manie

Paroît un contresens : quelle en est la raison ?

De l'expliquer à tous aurois-je ici l'envie ?

Non, non, loin de donner une vaine leçon,

Il faut vous raconter, afin de s'en distraire,

Ce qui jadis advint à l'un de mes festins :

Il étoit somptueux, en tout le solitaire

Avoit cherché le mieux ; il en vint à ses fins.

Pour lui l'honneur fut grand. Or parmi ses convives

Se trouvoit, en ce jour, bon nombre de chasseurs

D'humeurs et de façons, d'allures assez vives.

Du vin, des mets, ayant savouré les douceurs,

A ma table ils faisoient effrayant tintamare.

En cet état, l'un d'eux fit observer bientôt

Qu'il manquoit au repas la joyeuse fanfare.

A peine, *et c'est hasard*, proféroit-il le mot

Qu'un domestique aussi vint me dire à l'oreille :

On voudroit vous parler.... Oui : c'étoit un piqueur,

Et, muni de son cor et sonnant à merveille,

Je le place à l'écart, et d'un son enchanteur

Lors il charme et ravit la bande stupéfaite

Qui n'y peut résister, s'étend sur le gazon,

Se pâme de plaisir. Ah ! la fête est compléte.

O surprise ! ô bonheur ! quel dessert ! se dit-on.

C'est à bien peu de frais que s'acquit tant de gloire.

Vous l'avez retenu, je ne fus pas devin.

Il est plus d'un héros, renommé dans l'histoire,

Qui dut, ainsi que moi, ses succès au destin.

Ne cherchons pas si loin ; de nos jours, son caprice

S'exerce aussi souvent, commet autant d'erreurs :

Étrange aveuglement et criante injustice

De ses dons constamment sont les distributeurs !

CHANT III.

—

Croyez aux vains propos. On me disoit sans cesse :
Nous fuirons désormais le monde et les honneurs ;
Après tant de revers, qui n'aura la sagesse
De préférer les champs aux emplois, aux faveurs?
Combien de temps dura cette philosophie?
La veille on l'étaloit; le lendemain mes gens
Sans pudeur s'atteloient au char de la Folie.
Qui le croira ? j'ai vu des vieillards impotents
Endosser le harnois, partageant cette ivresse !
Sur tel point, grace aux dieux, réglé dans mes desirs,
La cabane ici près renferme ma richesse.
Voici les instruments de mes plus doux plaisirs.
Leur état prouve assez le zéle et la constance,
Les soins et les efforts du maître jardinier.

Parler de son talent seroit une imprudence,

Car bientôt on crieroit haro sur l'ouvrier.

Entendez-vous ces cris, ces ris, et ce tapage?

La fontaine, à côté, de tous est le lavoir.

Des nymphes du pays l'importun bavardage,

Vous pouvez y compter, ne finira qu'au soir.

Sur ce banc aisément, des hauts faits du village,

En un clin d'œil, on est instruit à volonté :

C'est le meilleur moyen d'épurer son langage ;

Or, plus d'un orateur ne s'est-il pas douté

Qu'il falloit prendre ici ses leçons d'éloquence?

Cet endroit me déplaît, j'en approche à regret;

Jadis il me fut cher..... D'un objet la présence.....

Qu'ai-je dit?... ah ! grands dieux ! gardons notre secret.

Et pourquoi le garder? pourquoi de sa foiblesse,

De ses courtes erreurs, et de son long tourment,

Ne pas faire un aveu, sur-tout quand la Sagesse

Adopta, reconnut l'Amour pour son enfant?

De droit, à mon sujet appartient l'aventure :

L'omettre ainsi seroit une infidélité.

Ce récit plaira-t-il? Ah! du moins, je le jure;

En tout on peut compter sur sa naïveté.

La guerre et ses fureurs lors désoloient la terre ;

Méconnu, maltraité, l'Amour vint en ces lieux

Près de moi se cacher avec tant de mystère,

Qu'il fût assez long-temps sans paroître à mes yeux.

Je l'aperçus enfin, et ne sus trop qu'en faire,

L'enfant est insoumis, ne connoît pas de loi :

Pour en venir à bout, cherchant à le distraire,

Dans l'Ile, un beau matin, je le mène avec moi.

A son égard étant rempli de complaisance,

Je voulus dissiper sa peine et son ennui ;

Mais toujours il rêvoit.... sans doute à la vengeance,

Las ! qu'il alloit tirer d'anciens torts envers lui.

A la fontaine, alors, survint une bergère.....

Oui, si je me plaisois à tracer son portrait,

Aussitôt vous diriez : Un amant exagère.

En la voyant, mon cœur du plus dangereux trait

Fut atteint, déchiré : j'en garde la mémoire.....

Défaillant, accablé, dans un cuisant souci,

De ma divinité (c'est le nœud de l'histoire)

Je m'approche en tremblant, en gémissant aussi.

Avec ardeur on veut parler à sa maîtresse,

Lui raconter ses maux, tomber à ses genoux,

Implorer son secours...... Eh bien ! je le confesse,

Éperdu... plein de feu.... je lui fis des yeux doux.

Elle étoit sage, et moi je ne savois que dire ;

Elle étoit jeune, et moi je perdois mes cheveux;

Elle étoit pauvre, et moi je n'avois pas d'empire,
Et la rivière enfin étoit entre nous deux.
Pourquoi ne pas franchir ce trop fâcheux espace ?
Pourquoi ne pas former, avoir un pont volant ?
Qu'exigez-vous ? O ciel ! je le vois mis en place,
En secret, sans témoins ; autre aveu désolant !
Et je n'ose approcher dès qu'apparoît ma belle.....
En d'autres cas pareils, hélas ! je fus réduit
A ne rien hasarder, trop timide auprès d'elle ;
Au but ainsi le pont ne m'eût jamais conduit.
Cependant on avoit deviné ma tendresse ;
Depuis je jouissois : sentiment aussi pur
Est peu commun ! A quoi se bornoit mon ivresse ?
En le disant ici, vous rirez, j'en suis sûr :
C'étoit de lui donner largement à la quête,
De faire en son honneur quelque beau reposoir ;
C'étoit de l'admirer dansant un jour de fête,
De l'épier enfin du matin jusqu'au soir.
Notez bien qu'entre nous se trouvoit sympathie ;
Ceci prouve encor mieux un cœur entreprenant.
Si rarement il fut plus séduisante amie,
Plus rarement il fut si singulier amant.
Achevons : en un mot, l'hymen me l'a ravie ;
Mais, cette fois du moins, l'amour combla mes vœux ;

Il me permit de voir, sans regrets, sans envie,

A ma bergère un sort prospère, avantageux.

Trop long-temps égaré, je dois reprendre haleine :

Sans doute on auroit pu ressentir en chemin

Trouble, embarras, frayeur, ou lassitude, ou peine ;

Aussi me tardoit-il d'arriver à la fin.

CHANT IV.

La foudre ou les combats troublent moins nos pensées
(*Sous le soleil est-il plus claire vérité ?*)
Que les bruyants débats des chambres assemblées.
Écrire en pareil temps, ah ! c'est témérité.
Mais aujourd'hui, bien mieux, on discute la presse.
Du Moniteur il faut essuyer la longueur ;
Que d'importuns discours , si l'un d'eux intéresse !
D'un tel fardeau long-temps on sent la pesanteur.
Qu'attendre, en cet état, de sa folle entreprise ?
A-t-on droit d'espérer le plus léger succès ?
L'engagement est pris : ainsi qu'il nous suffise
De le remplir d'abord , nous gémirons après.

Du haut des monts , pour moi, descend l'autre fontaine ;

Sous la rivière elle a son cours, et remontant,

Sans mélanger ses eaux, arrive à mon domaine ,

En fait aux yeux de tous le plus bel ornement.

On distingue aisément des sources l'abondance :

J'y reviendrai plus tard. On dit que ce berceau

D'un confessionnal a toute l'apparence :

Le mot est assez dur, et l'éloge est nouveau ;

Ne le répétez pas , ou bien le solitaire,

Abusé (de vous seuls lors naîtra son erreur) ,

Va s'y placer, voulant, au risque de déplaire ,

Aujourd'hui s'ériger en importun censeur.

Tous droits lui sont acquis. Trop heureux , dans l'arène ,

Où, depuis quarante ans, resté seul à l'écart,

Quand de force ou de gré chacun étoit en scène,

Au moindre acte il ne prit jamais aucune part.

De nos dissensions toujours témoin, victime ,

Aisément vous jugez quel fut son déplaisir

Voyant l'intrigue, hélas ! souvent aussi le crime ,

A chaque événement, paroître et réussir.

Indigné, quelquefois il eut la fantaisie,

Siégeant dans ce berceau comme en un tribunal ,

De citer devant lui la double Hypocrisie,

Fille de l'Intérêt, source de tant de mal ,

Qui du trône et du ciel se fit seule interprète.

Il y citoit encor..... Que faisons-nous? le mot

Par vous ne s'est pas dit : combien on le regrette !

Changeons de rôle ici. Soyez juges plutôt;

Pour la seconde fois à vous je me confesse

Toujours ingénument, ceci coûtera peu.

Hier comme en ce jour, sur tel objet, sans cesse

On peut lire en mon cœur. Écoutez cet aveu :

Sous le poids de ses maux va succomber la France ;

Un grand homme apparoît !.... soudain elle en fait choix

Pour son libérateur. Qui ne jugea d'avance

Qu'à tous incessamment il dicteroit des lois ?

En moi, jusqu'à ce temps, regrets étoient extrêmes !

J'interroge, incertain, troublé, sur le devoir.

Peuples et souverains et pontifes eux-mêmes

Répondent : Sois soumis et fidèle au pouvoir.

Par-tout, au nom du ciel, on dit à la jeunesse :

Sans hésiter tu dois voler sous ses drapeaux ;

Déja vertu, talent, savoir, grandeur, richesse,

Reçoivent ses bienfaits, partagent ses travaux ;

Avec orgueil chacun à l'ombre de sa gloire

Ou repose ou se meut; tout s'agrandit par lui.

O revers sans égal !... le dieu de la victoire

Vient retirer son bras, refuser son appui.

Pour soutenir les cœurs, en si grande détresse,

Aussitôt il nous rend et la paix et nos rois.

Autour de moi quelle est la mensongère ivresse

Qui veut ravir le fruit de ces dons à-la-fois ?...

Le ciel avoit tout fait. Non, sur ce point, personne

Ne sauroit être vain ! Mais la médiocrité,

Se réveillant au bruit, demande à la couronne,

Sans aucun droit, le prix de la fidélité ;

Et sans mérite encore, elle ose, en son délire,

Accuser le devoir, forfaire à l'équité.

Ma plume, en cet instant, se refuse à décrire

Les trop fâcheux effets de tant d'iniquité !

Le pauvre ermite alors reçut plus d'une offense :

On vint ici juger, blâmer ses sentiments ;

Blâmer ses sentiments ! ciel ! gardons le silence

Sur de pareils écarts ! oublions nos tourments.

Si, désintéressé dans sa douce retraite,

Toujours on l'entendit parler avec candeur,

Il sut s'en abstenir, son ame est ainsi faite.

Au premier sentiment ou de fiel ou d'aigreur,

Qui ne s'afflige, hélas ! quand une épidémie

Apporte en tous les lieux la mort et la terreur ?

La haine, à mon avis, plus cruelle ennemie,

Fait d'indicibles maux : c'est le poison du cœur.

Or, ce poison peut-il entrer dans ma chaumière ?

Son enceinte à la paix serviroit de séjour.

Sur son toit l'amitié sut fixer sa bannière ;

Repos, calme, et plaisir, résident à l'entour.

La paille, en ce logis, est la seule tenture :

Ses sièges en roseaux, ses vitraux de couleurs,

L'heureux emplacement, l'élégante structure,

Tout enfin a pour moi mille et mille douceurs.

Naguère on me vantoit le palais de la Bourse ;

Selon ces amateurs il n'est rien de pareil.

Je le veux, je le crois ; mais a-t-on la ressource

De goûter, comme ici, le paisible sommeil ?

Que le spéculateur me porteroit envie !

Ce modeste réduit, le dirois-je ? autrefois

Reçut assez souvent brillante compagnie,

Et ceux, même en ce jour, qui fréquentent les rois.

Lors on me caressoit ; lors on me faisoit fête ;

Lors un bon vent portoit à la simplicité.

Il a changé depuis, et, dans plus d'une tête,

Aussitôt il souffla la sotte vanité.

Que m'importe après tout ? à chacun son système,

A d'autres les honneurs, à moi l'obscurité ;

Pour d'autres l'embarras, mais pour moi pas de gêne ;

A d'autres les trésors, à moi médiocrité ;

A d'autres les faveurs, à moi l'indépendance ;
A d'autres les devoirs, à moi la liberté ;
A d'autres les soucis, la trompeuse espérance,
A moi les doux loisirs et la tranquillité.
Jadis, ô villageois ! de tous ces avantages
Vous jouissiez. Eh quoi ! le secret du bonheur
Pour vous est-il perdu ? Plus envieux, moins sages,
Sans cesse, ah ! vous avez le regret dans le cœur :
Bien plutôt imitez ces héros dont la France
Étoit si vaine !... Ils ont étonné l'univers,
Qui les vit modérés, après tant de vaillance...
Qu'un tel sujet auroit de charmes pour mes vers !...
N'y pensons pas !... D'ailleurs, pour former la couronne
Qu'il seroit bon d'offrir, où trouver des lauriers ?
Ils ont tout moissonné. Sur ce point, à Bellone
Je veux faire un procès au nom des jardiniers.
Je parle de moisson : en ce temps, ma chaumière
Fourniroit chaque jour un tableau gracieux.
Trop souvent maint auteur traita cette matière :
Y revenir encor seroit fastidieux.
Que n'a-t-on fait jadis main basse sur la presse ?
De certains discoureurs que n'avoit-on l'esprit,
Et le profond savoir et la haute sagesse ?
Quel avantage en tout ! rien ne seroit écrit.

Il est beau, glorieux, d'occuper la tribune;

Avec peine on parvient à ce poste éminent,

Vous le savez : talent suppose ici fortune,

Et fortune, à son tour, a supposé talent.

CHANT V.

Le courtisan se plaît à vanter sa faveur ;
Le savant a besoin de quelque admirateur ;
L'opulent aime assez à montrer ses richesses ;
Le guerrier, quelquefois, à conter ses prouesses ;
Un père est desireux de prôner ses enfants ;
Un poëte, surtout, d'exalter ses talents,
Et même un ignorant de prouver sa sottise ;
En un mot, chacun fait valoir sa marchandise.
Ce point bien établi, serez-vous donc surpris
Si, de mon Ile étant trop vivement épris,
On me voit tant d'ardeur à chanter ses délices ?
Sachez-le, c'est ici la moindre des justices ;
Dès long-temps l'amateur l'apprit au jardinier,
Et que n'entendez-vous le laboureur grossier !

De moi si, par hasard, un jour il sollicite
La faveur d'être admis ; lors, pendant sa visite,
Tout paroît à ses yeux si merveilleux, si beau,
Que toujours à la main il garde son chapeau :
L'honneur est pour le lieu. Vainement je conjure
Bientôt de se couvrir : on sourit, on murmure,
Me croyant orgueilleux, distrait, ou mal appris,
Et sans répondre on dit : C'est un vrai paradis !
M'abuserois-je encor par tant de politesse ?
D'une épouse, ah ! je sais qu'esprit, beauté, richesse,
Du mari le plus nul font un être important ;
Je le sais ; toutefois l'avis est déplaisant.
Contemplez, admirez, mon rocher, sa cascade,
Ce limpide bassin, séjour d'une naïade ;
Ce pont, ces arbres verts, ce ruisseau, ce gazon ;
Du dieu des champs fut-il jamais plus riche don ?
De cette onde écoutez le ravissant murmure.
Quand mon cœur délicat reçut quelque blessure,
Soudain je vins ici chercher sa guérison.
Conniossez-vous endroit plus propre à l'abandon ?
En est-il un plus cher à la mélancolie ?
De m'y livrer jadis ayant eu la folie,
Hélas ! oui, j'exigeois, dans ma simplicité,
Ici bas, paix, accord, justice, et vérité ;

Et toujours ici bas, c'en est dit, on endure

Haine, division, artifice, imposture.

Cependant on reçut longue et bonne leçon!

Certains l'ont-ils appris? en aucune façon.

Des malheureux humains quelle est la frénésie!

Ne voit-on pas encor la sombre jalousie,

Si fausse en jugements, si facile en erreurs,

Et si pauvre en moyens, et si riche en fureurs,

Dans son aveuglement, sa perfide arrogance,

Méconnoître, outrager, calomnier la France?

Cette France, en tout temps si fertile en honneur,

En sagesse, en vertus, en talents, en valeur!

Le sauvage en sa main prend aussi la poussière

Et la lance au soleil, croyant de sa lumière

Affoiblir tout l'éclat: tel est de l'envieux

Le ridicule espoir! mais encor, ô grands dieux!

Il voulut intenter un procès à la gloire;

Il voulut déchirer la page de l'histoire

Si féconde en hauts faits, instructive à-la-fois...

Je m'arrête... Oui, déja se trouble ici ma voix!

Fuyez au loin, fuyez, enfants de la tristesse!

Assez dans l'âge mûr, assez dans ma jeunesse,

Je fus rassasié de chagrins, de tourments!

Dans mon cœur, ah! rentrez, paisibles sentiments!

Avec eux reparois, bienfaisante alégresse :
Ne cessez désormais de charmer ma vieillesse.
L'orage est dissipé, les flots sont apaisés,
Et dans ma barque, alors, vous serez disposés,
Sans crainte et sans dangers, côtoyant le rivage,
A vous rendre avec moi dans un nouveau parage.
Le sable ou les roseaux ont nui plus d'une fois
A notre marche : eh bien! plus heureux que des rois,
On rioit, on chantoit; dans le bonheur suprême
Chacun sembloit nager : il en sera de même.
Si de pêcher enfin vous avez le desir,
A tous le batelier peut aussitôt fournir
L'instrument si fatal aux habitants de l'onde :
On se délasse ainsi des fatigues du monde.
Ce monde, je le sais, fut toujours un trompeur,
Promettant le plaisir, et n'offrant que douleur;
Chacun le reconnoît, et se prend à l'amorce :
Pour l'éviter faut-il aujourd'hui tant de force?
Tout prestige est détruit. Loin d'être séduisant
Ne se montre-t-il pas insipide, accablant?
Les bals sont si nombreux qu'à peine on se remue;
Les cercles, les concerts, sont devenus cohue;
Au spectacle on subit plus d'un supplice affreux;
L'ennui gagne aussitôt à ces tables de jeux;

Aux autres, volontiers, on iroit prendre place,

Si, pendant le repas, sans cesse un froid de glace

Ne se faisoit sentir : on croit que le bon ton

Exclut les doux propos et proscrit l'abandon.

Dans plus d'un lieu, souvent égards et politesse,

Prévenances et soins, sur-tout délicatesse,

Sont méconnus. Hélas! combien d'autres raisons

Rendent l'Ile, à mes yeux, préférable aux salons!

Heureux, heureux celui qui, d'un esprit tranquille,

Sans projets, sans desirs, et vivant en famille,

De l'amitié toujours peut enivrer son cœur!

Ce destin est le mien; je connois sa valeur:

Oui, divine amitié, je ressens tous tes charmes;

Mais, las! aussi, par toi que de vives alarmes!

Dès mes plus jeunes ans j'encensai tes autels;

Mais, las! aussi, par toi que de tourments cruels!

De ton culte à jamais je ferai mes délices;

Mais, las! aussi, pour toi qu'il faut de sacrifices!

A ton joug asservi je chéris sa douceur;

Mais, las! aussi, pour toi souvent que de rigueur!

De tes feux, de tes lois, ai-je été la victime

Pour blasphémer ainsi? Pardonne, ah! c'est un crime.

Eh! qui doit, plus que moi, te louer, te bénir?

Je reçus mille dons pour un seul déplaisir :

Tu daignas révéler tes secrets, tes mystères,
Tes rares qualités, à des sœurs, à des frères,
Qui, lors, m'ont préservé du plus funeste sort,
Et même ont attendri l'impitoyable Mort.
Dans tes fastes je lis : Soins touchants, complaisance ;
De grace ajoute-s-y, pour eux : reconnoissance !

CHANT VI.

—

Dans ces brillants défis, un coursier plein de race,
Sur les dents, près du but, ranime son ardeur
Pour atteindre le cerf à la fin d'une chasse,
Haletant, un bon chien retrouve sa vigueur;
Vers le déclin du jour, pour saisir la victoire,
Épuisé, le guérrier redouble de valeur;
Exemples généreux! et sans doute on peut croire
Que dès-lors ils seront imités par l'auteur:
Hélas! il n'en est rien; se sentant hors d'haleine,
Énervé, défaillant, découragé, confus,
Faisant un pas encore il succombe à la peine;
Et c'est jurer bien tard qu'on ne l'y prendra plus.
Est-il plus grand tourment, plus vive inquiétude,
Plus cruel embarras et plus cuisant ennui!

En cet état fâcheux, désespéré, si rude,

Ah ! de nouveau, ma sœur, j'invoque ton appui.

Sur moi, de tes bontés, je sentis dès l'enfance

La force et la valeur, le charme et le pouvoir.

De mes esprits toujours, au temps de la souffrance,

Tu fus le seul soutien..... aussi, renaît l'espoir,

Je l'avoûrai, bien mieux : oui, revient l'assurance,

En déplorant le sort de ma muse aux abois,

Avec pareil secours, avec telle assistance,

Sous cet auspice enfin de recouvrer la voix.

Dans cette salle assis, sous le plus doux ombrage,

On verra mon canot et mon petit pêcheur,

Ce pont, il n'est ailleurs plus élégant ouvrage,

Et ce second rocher, charme du voyageur ;

Sur l'autre pont public, la plus grotesque image

S'offriroit à vos yeux, si du marché le jour

A la ville appeloit deux amants, un ménage,

Jeunes, vieux, en un mot les paysans d'alentour.

Mais, que seroit-ce encor si du hameau la fête

Rassembloit en ces lieux un peuple tout nouveau ?

C'est sous nos beaux tilleuls qu'au plaisir on s'apprête.

D'ici, bien à loisir, on jouit du tableau.

Le poëte autrefois nous parloit de musette ;

Il nous faisoit danser au son du chalumeau.

Qu'il revienne ! A présent, violon, clarinette,
Et jusqu'au tambourin placés sur un tonneau,
Enseignent aux échos leur bruyante harmonie :
Les filles aussitôt trépignent à ces sons ;
Plaire, aimer, et sauter, fut toujours leur manie.
L'appel est entendu. Cependant les garçons,
S'étant donné des tons aux champs comme à la ville,
Font tous les renchéris, bien plus, les importants,
Contemplent ces apprêts d'un air froid et tranquille,
Se font enfin prier, il n'est plus de galants !
Singulier résultat pour la coquetterie !
Des belles, on le sait, lors s'accroît la fureur,
Elle a su pénétrer même en la bergerie ;
Apprenant ses secrets et toute sa valeur,
On pense uniquement à la vaine parure :
On manquera de pain, et l'on veut éblouir ;
Sans chemise on aura la plus riche coiffure.
Qu'importe le besoin ? il s'agit du plaisir.
L'orchestre impatient cherche, appelle à la ronde,
Danseuses et danseurs, pour donner le signal ;
En redoublant d'efforts, il réunit son monde.
Chacun s'étant placé, commence aussi le bal.
L'Opéra me sembloit véritable merveille
Avant d'avoir connu nos déesses, nos dieux.

Il a, convenons-en, de quoi flatter l'oreille;

Mais tout l'emporte ici pour enchanter les yeux.

Jadis le villageois, fidéle à la mesure,

De l'ours avoit d'ailleurs le pas aussi pesant.

Qu'il s'est léché depuis! qu'il a changé d'allure!

Son maintien, ses beaux airs, le rendent amusant;

Guindé, maniéré, sur-tout dans son langage,

A contre-sens toujours il place un mot pompeux.

Le savant, l'orateur, abondent au village,

Quand parmi nos élus ils sont si peu nombreux.

Admirez nos beautés dans ce lieu réunies.

Que de puissants appas! rien de plus séducteur.

Que d'élégance aussi! Certes, les Tuileries,

Vous l'avoûrez, n'ont pas cet aspect enchanteur.

Remarquez et rubans, et robes, et dentelles,

Et colliers et corsets, enfin tous les atours

De ces filles... quel mot! celui de demoiselles

Jusque sur le fumier se prodigue en ces jours.

Ne riez pas voyant cette minauderie

Et tous ces petits airs penchés, avantageux,

Ce mouchoir à la main et cette afféterie;

Avec cet embonpoint ces yeux si langoureux,

Ne se croiroit-on pas dans les jardins d'Armide?

Quoi de plus attrayant, de plus voluptueux?

Chaque nymphe en ce jour a le dessein perfide
D'embraser tous les cœurs d'inextinguibles feux.
O ciel! le mien peut-il résister à l'attaque?
L'île de Calypso n'offre pas tel danger.
Fuyant ces Eucharis, et nouveau Télémaque,
C'en est dit, oui, je vais du haut de mon rocher
M'élancer dans les flots.... O sagesse! ô courage!
Dès long-temps sans vigueur ayant lutté contre eux,
Je me sauve, il est vrai; mais hélas! cet ouvrage
S'échappe de mes mains.... et son sort est douteux!

Ah ! par un temps d'orage,
Qu'un père est imprudent
D'exposer au naufrage
Un aussi foible enfant !
Même encor s'il surnage,
Pour lui que de tourment !
Étant de tout suffrage
Jaloux. Dès ce moment
On me verra, plus sage,
Reprendre de nouveau,
Dans mon doux ermitage,
La bêche et le râteau.